Dans la même collection :

1. Un été avec les copains
2. Sophie au royaume
   des fées
3. Lucile et Julien font du
   camping
4. Notre petit chien Titou
5. Des jumeaux magiques
6. Tiredelle l'hirondelle
7. Vacances à la ferme
8. Myriam, Cerise et
   leurs amis
9. Filou, le petit cheval
   de course
10. L'anniversaire de
    Stéphanie
11. Le trésor de la tour
    du lac
12. Lucile et Julien
    en Italie
13. Laura et un bien
    curieux Père Noël
14. Le trésor des
    Pieds Palmés

Le trésor des Pieds Palmés

Une histoire de
Jean-François RADIGUET
Illustrée par
Michel DOM

Editions S.A.E.P.

Chapitre I

EN ROUTE VERS L'AMAZONIE

Aujourd'hui est un grand jour pour Cédric et Mélanie, un très grand jour ! En effet, c'est ce matin qu'ils prennent l'avion pour retrouver grand-père qui vit loin de là, en Amérique du Sud, au bord de l'Amazone.

- C'est quoi, l'Amazone ? interroge Mélanie.

- Le plus grand fleuve du monde, précise papa. Et il traverse la plus grande forêt du monde.

- Et qu'est-ce-qu'il fait là-bas grand-père ? demande Cédric.

- Ah, grand-père... soupire maman. C'est tout un poème, grand-père. Il a parcouru tous les pays du monde, en faisant tous les métiers possibles. Par exemple, il a été marchand de sable au Sahara, éleveur d'autruches en Afrique, cow-boy en Amérique. Il a attrapé des kangourous en Australie et des papillons au Pérou.

- Il a aussi été marchand de glace à la vanille au Pôle Nord, continue papa, réparateur de chauffage central en Terre de Feu, marin en

Malaisie, journaliste en Chine, explorateur à Tombouctou.

- Il a escaladé l'Himalaya et descendu les gorges du Verdon. Il a fabriqué des patins à roulettes pour les Japonais et construit un pont en Tchécoslovaquie... Il ne lui reste plus qu'à aller sur la lune.

- Oh, ça ne m'étonnerait pas qu'un jour, on entende à la télévision qu'il y soit parti pour de bon avec une fusée qu'il aurait fabriquée lui-même.

- Oui... mais maintenant, que fait-il ? insiste Cédric.

Maman et papa répondent en même temps :

- Il est chercheur d'or au Brésil.

- Chercheur d'or ? s'exclament les enfants. C'est vraiment un bien curieux grand-père que nous avons là !

En effet, un bien curieux grand-père ! Et comme les enfants ont hâte de le voir, ce grand-père magique qui a parcouru la Terre entière !

Maintenant, maman et papa sont avec Cédric et Mélanie à l'aéroport. Ils attendent dans la salle d'attente justement. Bientôt, ils

entendent le haut-parleur qui annonce : "Les voyageurs pour Rio de Janeiro sont priés de se rendre à la porte deux".

- Les voyageurs pour Rio... mais c'est nous ! s'exclame Mélanie.

Papa et maman accompagnent les enfants jusqu'à la porte deux. Là, il faut se séparer. Et si tout le monde est un peu triste de se quitter, Mélanie et Cédric sont excités à l'idée de prendre un vrai avion pour retrouver cet authentique grand-père de compétition.

- Au revoir papa, au revoir maman... à dans un mois...

- Au revoir les enfants... vous embrasserez grand-père pour nous.

Maman agite encore son mouchoir quand Cédric et Mélanie montent l'escalier qui mène dans le ventre de l'Airbus. Là, une hôtesse de

l'air les accueille et leur montre leur place. Encore quelques minutes, que tous les voyageurs soient installés, et elle referme la porte. Les moteurs se mettent à rugir. L'avion bouge un peu, pour se présenter sur la piste. Il roule tout doucement pour s'arrêter à nouveau. Quelques secondes encore et bientôt, il repart. Il est sur la piste. Il roule vite. Très très vite. Mélanie a fermé les yeux. Cédric, lui, a regardé par le hublot. Et bientôt, il s'exclame :

- Ça y est, Mélanie, on vole. On est dans les airs. Comme les oiseaux.

Chapitre II

BONJOUR GRAND-PERE !

Pour se rendre à Rio de Janeiro, il faut traverser l'océan Atlantique et le voyage dure huit heures. Mais, pour retrouver grand-père, Cédric et Mélanie ne sont pas au bout de leurs peines, car une fois à Rio, il faut prendre un autre avion pour aller à Bénem, un autre avion pour Manaus et encore un autre pour El Moto. C'est là que grand-père les attend.

Cela fait bientôt une heure qu'ils survolent la forêt amazonienne qui d'en haut ressemble à un beau tapis vert, quand le pilote prévient :

- Messieurs-dames, nous arrivons à El Moto. Attachez vos ceintures.

- Ce n'est pas trop tôt, souligne Mélanie. Je commence à être fatiguée.

Maintenant, ils descendent la passerelle. Il fait si chaud que le seul fait de marcher amène nos amis à transpirer à grosses gouttes.

- Espérons que grand-père sera là, précise Cédric. Cet endroit est vraiment perdu.

En effet, il n'y a vraiment pas beaucoup de monde. L'aéroport est tout petit, et le toit est recouvert de tôles rouillées. Après avoir regardé autour de lui, Cédric s'assoit sur sa valise, car il n'y a aucun banc. C'est alors que Mélanie voit apparaître là-bas un grand monsieur rond à longue barbe et cheveux blancs, accompagné d'un jeune garçon d'une dizaine d'années qui tient un petit chien dans ses bras.

- Tu crois que c'est grand-père ? demande-t-elle à Cédric.

- Je n'en sais rien, on ne l'a jamais vu papy.

Mais le grand monsieur barbu
vient vers eux. Il s'approche. Le
voilà.

- Vous êtes Cédric et Mélanie,
n'est-ce pas ?

Cédric et Mélanie ne sont pas ras-
surés. Ils sont loin de chez eux. Ils
ne connaissent personne. Ils
répondent :

- Oui, Monsieur.

- Ha ha ha ha ha, fait le grand
homme barbu, en se tapant les

genoux du plat de ses mains. Ha ha ha ha ha, ils m'appellent Monsieur. Mais, c'est moi, votre grand-père, les enfants. Embrassez-moi donc vite.

La surprise passée Cédric et Mélanie se jettent dans les bras de leur grand-père et smick smack smock, l'embrassent très fort.

- Voilà, je vous présente Jimenio, précise grand-père et le petit chien s'appelle Arthuro.

- Bonjour Cédric, bonjour Mélanie, dit Jimenio.

- Bonjour Jimenio, bonjour Arthuro, reprennent les enfants, en flattant ce dernier.

Et on se met à bavarder.

- Arthuro est un chien vraiment extraordinaire, dit Jimenio. Savez-vous qu'il chante quand on le lui demande.

- Il chante ? Ce n'est pas possible.

- Mais si, écoutez... allez, chante Arthuro.

Et aussitôt, le petit chien fait :

- Hoouu... ouah ouah... hoouu...

Ce qui fait bien rire Cédric et Mélanie.

Mais il faut y aller à présent. Alors, en route. Grand-père prend les deux valises de nos amis. Et toute la compagnie se dirige vers la rivière qui coule paresseusement à cinq cents mètres d'ici.

- Nous ne sommes pas encore arrivés ? s'étonne Mélanie.

- Mais non, bien sûr. Nous partons en pleine forêt à mon campement, situé à trois cents kilomètres de là. L'or, ça ne se trouve pas dans les villes. Même si elles sont petites.

- Oh ! misère, pensent Cédric et Mélanie, nous qui voulions dormir...

Chapitre III

UN PETIT TOUR EN HYDRAVION

- Nous n'allons quand même pas faire trois cents kilomètres en pirogue ? demande Cédric à grand-père.
- Qui t'a dit que nous prenions la pirogue ? Mais non, voyons. Nous y allons en hydravion.
- En hydravion ?

- Hé oui, c'est la seule solution. Là où nous allons, il n'y a que la forêt.

En effet, un vieil hydravion attend au bord de la berge. Rien qu'à le voir, on se demande comment un tel engin peut voler. Mais bientôt, Cédric, Mélanie et Jimenio montent dans l'appareil.

- Et qui va piloter l'hydravion ? demande Mélanie.

Grand-père n'hésite pas :

- Mais moi, pardi.

D'ailleurs, grand-père s'installe aux commandes. Il appuie sur un bouton, et voilà que le moteur se met à tousser. Teuf teuf teuf... Mais l'avion ne bouge pas. Il faut encore essayer. Teuf pouf broum.

- Tu crois qu'on va réussir à s'envoler, grand-père ? interroge Cédric.

- Il va bien falloir. L'ennui avec un hydravion, c'est qu'on ne peut pas

22

le pousser vu qu'il flotte sur l'eau, répond grand-père.

Encore un effort, et bientôt l'hélice de l'hydravion tourne à toute vitesse. Le moteur pétarade dans un bruit d'enfer. Ouf. Ça y est. L'appareil glisse sur l'eau. Il prend de la vitesse. Le voilà qui quitte la rivière pour se retrouver entre des nuages blancs. Il est tout petit, cet hydravion, et à chaque trou d'air, on dirait qu'il joue à saute-mouton.

Deux heures plus tard, l'hydravion amorce sa descente.

- Cramponnez-vous, crie grand-père.

Vroum poum paf pof. L'hydravion est sur la rivière. Tant bien que mal, il flotte. Grand-père le range contre la rive puis saute à terre.

- Voilà, nous sommes arrivés. L'aventure nous attend, les enfants.

Jimenio saute à terre à son tour. Grand-père aide Mélanie puis Cédric. C'est au moment de poser ce dernier qu'il avertit :

- Attention, que personne ne bouge. Il y a une grosse mygale prête à nous piquer.

Mélanie n'est guère rassurée.

- Une mygale ? demande-t-elle d'une petite voix tremblotante.

- Oui. Une mygale. C'est une très grosse araignée, lui répond

Jimenio. Venimeuse ! On a de la fièvre pendant des semaines quand elle nous pique.

Mais le temps que Mélanie pense qu'elle aurait dû rester chez papa et maman, hop, d'un coup de talon, grand-père écrase l'affreuse bestiole.

- Plus de danger, avertit grand-père. Tu peux descendre, Cédric.

- Ouf ! Nous l'avons échappé belle, pense alors Cédric, en s'essuyant le front.

Chapitre IV

ON ARRIVE AU CAMPEMENT

Maintenant, nos amis se retrouvent seuls, en pleine forêt tropicale. On a beau aimer la solitude, c'est assez angoissant, ce grand silence. Surtout que le campement de grand-père semble minuscule. Il n'y a que deux tentes pour dormir.
- Ah, dormir, pense Mélanie... si je m'allonge, je crois que je m'endor-

mirais même avant de fermer les yeux...

Mais soudain : vraaaouuumm. Voilà qu'un éclair blanc strie le ciel et qu'un coup de tonnerre sème la panique parmi la forêt. Des singes se mettent à hurler, de grands oiseaux prennent leur envol tandis que la pluie se met à tomber. Une pluie violente, drue.

- Vite, vite, tout le monde à l'abri, lance grand-père.

Et le temps de courir jusqu'à la première tente, voilà nos amis trempés jusqu'aux os.

- Eh ! bien, quand il se met à pleuvoir, ici, il pleut fort, s'étonne Cédric.

Jimenio sourit :

- Oui… et dans deux heures la nuit sera tombée.

- La nuit ? déjà ? Je pourrai enfin dormir, annonce alors Mélanie.

Comme grand-père s'aperçoit que Mélanie ainsi que Cédric sont épuisés, il les couche dans leur lit de camp. La pluie résonne fort contre la toile de tente.

- Il va durer encore longtemps, cet orage ? demande alors Cédric inquiet.

- Une heure, ou toute la nuit, avertit Jimenio. Mais demain matin, tout sera rentré dans l'ordre. Rassurez-vous.

Dès que nos amis sont prêts à dormir, grand-père descend un voile de tissu très fin, blanc, et très doux.

- C'est quoi ? demande Cédric.

- La moustiquaire, fiston. Elle te protègera de tous les insectes pendant ton sommeil. Allez, à demain, et faites de beaux rêves.

Cédric ainsi que Mélanie ne se le font pas dire deux fois.

Grand-père sourit :

- Mes lascars sont fatigués, dit-il à Jimenio. C'est normal, ils ont subi le décalage horaire et voyagé en tout pendant presque vingt-quatre heures pour venir jusqu'ici.

Chapitre V

TOUT SEULS DANS LA FORET

- Hou hou hou ha ha ha.
Mélanie vient juste de se réveiller.
- Hou hou hou ha ha ha.
Doucement, elle relève son drap au-dessus de sa tête et appelle :
- Cédric, tu dors encore ?
- Non, Mélanie... c'est quoi ce bruit ?

- Je n'en sais rien, mais il me fait peur...

- A moi aussi... et Jimenio qui n'est pas là.

- Comment pas là ?

Mélanie s'enfonce encore plus profondément dans son lit. Elle n'est pas du tout rassurée. Et grand-père est-il là, lui, au moins ?

- Hou hou hou ha ha ha.

Courageux, Cédric se décide à mettre un pied à terre. Puis il ouvre la tente.

- Le soleil est de retour, c'est déjà ça, pense-t-il.

Enfin, il appelle :

- Grand-père, Jimenio, vous êtes là ?

Le bruit bizarre s'est tu... Mais ni grand-père ni Jimenio ne répondent. Alors, tout doucement, Cédric met un pied dehors, puis un second. Il avance dans l'herbe humide. Soudain :

- Hou hou hou ha ha ha.

Et Cédric, à toute allure, fait demi-tour pour courir se réfugier dans la tente. De longues minutes se passent. Ni Cédric, ni Mélanie n'osent bouger. C'est alors qu'ils entendent des voix dehors. Puis des pas. On vient.

La tente s'ouvre. Qui est là ?

- Alors, les chenapans, on a bien dormi ?

Grand-père ! Et Jimenio ! Cédric
et Mélanie peuvent souffler. Ils ont
eu si peur qu'ils sautent dans les
bras de grand-père. Mais soudain :

- Hou hou hou ha ha ha.

- C'est quoi ce bruit ? s'étonne
Cédric.

- Ça, mais ce sont les singes hur-
leurs, répond Jimenio. Ils sont
gentils comme tout. Et si petits
qu'on dirait des jouets en peluche.

- Alors, les enfants, vous avez faim ? s'inquiète grand-père.

C'est vrai qu'on a faim après de pareilles émotions, et bientôt, une bonne odeur envahit la forêt. C'est grand-père qui fait cuire le petit déjeuner. Nos amis sont à table.

- Allez, bon appétit, annonce grand-père qui dévore son repas rapidement.

Mélanie ainsi que Cédric et Jimenio en font tout autant.

- Hmmm, c'est bien bon, c'est quoi ? demande Mélanie.

- Miam miam... du serpent, répond grand-père.

- Du... ser... serpent ?

- En effet, c'est mon plat préféré, continue grand-père. Vous aimez ?

- Euh... c'est-à-dire... ben... que...

- Vous ne trouvez pas ça bon ?

- Euh... c'est-à-dire... ben... que...

Et grand-père se met à rire.

- Les chercheurs d'or, vous savez, ce ne sont pas toujours des enfants de chœur !

Chapitre VI

ON A TROUVE DE L'OR !

Après un aussi bon repas, il faut aller au travail. Tout le monde se dirige alors vers la rivière. Cédric et Mélanie sont très excités. Ils demandent :
- Comment fait-on, grand-père, pour trouver de l'or ?
Grand-père entre dans la rivière jusqu'aux genoux. Il tient dans

ses mains une sorte de bassine plate qu'il plonge dans l'eau et qu'il fait tourner doucement durant quelques minutes. Puis, il la ressort et regarde bien précautionneusement. Cédric et Mélanie se sont approchés. Eux aussi regardent. Mais il n'y a rien. Pas une once de pépite d'or. Dommage. Alors, grand-père propose :

- Vous voulez essayer les enfants ?

Et comment donc !

Aussitôt, Cédric et Mélanie font comme grand-père. Une fois, deux fois.

- Mais on ne ramène jamais d'or, souligne Cédric.

- C'est très long, dit grand-père. Il faut parfois passer des jours pour n'en trouver que dix grammes.

Mélanie, à force d'être penchée dans l'eau, commence à avoir mal aux reins. Elle se redresse, cherche dans sa bassine, trie le sable et les petits galets. Puis, distraitement demande :

- C'est quoi ce petit caillou jaune ?
Grand-père s'approche, ajuste ses lunettes. Il prend le petit caillou jaune, le fait rouler entre ses doigts, puis regarde Mélanie :

- Ce petit caillou jaune, Mélanie, eh bien... c'est de l'or, une pépite d'or. Et elle est grosse.

- C'est vrai ?

- Bien sûr !

Mélanie est si heureuse qu'elle saute de joie dans la rivière. Et Cédric en fait autant, puis Jimenio, et enfin grand-père.

- Hourrah, j'ai trouvé de l'or, j'ai trouvé de l'or, répète Mélanie. Je suis certaine que dès mon retour, mes copines d'école ne voudront pas me croire !

Chapitre VII

LES PIEDS PALMES ?
MAIS QU'EST-CE-QUE C'EST ?

Pendant la première semaine, tout le monde ne fait que chercher de l'or. Puis, un beau matin Cédric demande s'ils ne pourraient pas tous aller se promener un peu.

- Bien sûr, dit grand-père, c'est prévu au programme. Mais j'attends que vous soyez bien habitués au pays. C'est dangereux de se promener seul quand on n'a pas d'expérience. Comme vous l'avez vu, s'il y a des araignées, il y aussi des serpents, des crocodiles, des piranhas...

- Des piranhas ?

- Oui, ces petits poissons qui dévorent tout en quelques minutes.

- Eh bien, ce n'est guère rassurant, annonce Mélanie. C'est dangereux, la forêt vierge.

- Mais tant que je serai avec vous, il n'y aura pas de danger. Voulez-vous que nous partions en expédition demain ?

- Heu...

- Alors, c'est d'accord ?

- Et où irons-nous ? demande Jimenio.

Grand-père réfléchit un instant.

- Vers le sud. Qu'en penses-tu, Jimenio ? Nous descendrons la rivière vers le sud. Il vaut mieux rencontrer les Pieds Palmés que les Groslâches, non ?

- Ah oui, alors !

- Les Pieds Palmés ? Les Groslâches ? Qu'est-ce-que c'est encore ? demandent Cédric et Mélanie.

- Ce sont des indiens, répond grand-père. Autant les Pieds Palmés sont gentils autant les

Groslâches sont méchants. Mais, ça m'étonnerait qu'on les rencontre, les Pieds Palmés.

- Ah bon ! Et pourquoi donc ? interroge Cédric.

- Parce qu'ils ne veulent voir personne. Ils veulent rester entre eux. Ils se trouvent heureux tels qu'ils sont. A vrai dire, ils se méfient des hommes blancs et de leur civilisation.

Et le soir, quand ils s'endorment, Cédric et Mélanie pensent aux Pieds Palmés, aux Groslâches. Ils deviennent amis avec eux. Ils jouent avec eux. Ils échangent des cadeaux. Ah, la belle aventure qu'ils projettent dans leurs rêves. Mais voilà, la réalité, Cédric, oui, la réalité, Mélanie, n'est jamais comme on l'imagine.

Chapitre VIII

LE CROCODILE

Le canoë glisse sur l'eau à chaque coup de pagaie que donne grand-père. Parfois, de grands perroquets rouges et bleus s'envolent des arbres où quelques serpents verts glissent entre les branches. De gros insectes multicolores bourdonnent autour d'étranges fleurs carnivores.

- S'ils tombent entre les pétales de la fleur, ils seront dévorés instantanément. C'est bizarre, non ? prévient Jimenio.

- Ce n'est pas possible, enchaîne Cédric qui est fier du grand coupe-coupe qu'il porte à la ceinture.

- Mais si, reprend grand-père. L'Amazonie a plein de secrets comme ceux-là... !

Cela fait maintenant des heures que nos amis sont sur la rivière quand là-bas, Mélanie aperçoit quelque chose qui flotte sur l'eau.

- Que font donc ces gros morceaux de bois ? demande-t-elle.

Grand-père a l'air préoccupé.

- Fichtre, Mélanie... ce ne sont pas des troncs d'arbre... mais des crocodiles. Et le pire, c'est qu'ils nous ont vus... Ils viennent vers nous.

- Des cro... des croco... diles...

En effet, trois énormes crocodiles nagent à présent vers nos amis, le dos au ras de l'eau. Dans la forêt, tous les oiseaux ont cessé de chanter. Grand-père prend son fusil. Pan. Le premier crocodile est touché. Il coule aussitôt. Puis pan, c'est au tour du second. Pan à nouveau. Grand-père réserve le même sort au dernier des monstres. C'est que grand-père est un excellent tireur !

- Hourrah, bravo, crient les enfants. Tu nous as sauvés, grand-père.

Hélas, ce que n'ont pas vu nos amis, c'est qu'un quatrième crocodile, bien plus gros et bien plus fort que les autres, s'avance derrière le canoë. Et de là où ils sont, personne ne peut le voir. C'est que ça ne fait pas de bruit, un crocodile, quand ça nage !

Grand-père, lui, a reposé son fusil. Il se met à chanter.

- Nous sommes les chercheurs d'or qu'avons pas froid aux yeux...

- Ouah ouah ouah.

- Arthuro semble content, dit Mélanie, il t'accompagne, grand-père.

Mais non, Mélanie. En réalité, Arthuro a flairé le danger et il cherche à vous prévenir. Soudain, boum. D'un grand coup de queue,

le crocodile tente de retourner le canoë.

- Misère, un autre crocodile, crie grand-père.

Grand-père prend son fusil. Mais, boum. Un autre grand coup de queue et le fusil de grand-père tombe à l'eau. Boum. Le canoë se fissure. De l'eau entre dedans.

- Je crois, les enfants, que nous allons devoir nous jeter à l'eau pour regagner la berge. Tout le monde sait nager ?

Grand-père a à peine fini sa phrase que le crocodile vient de casser le canoë en deux. Tous nos amis se retrouvent à l'eau. Vite maintenant, il faut nager. Vite, pour échapper au monstre qui s'avance. D'ici, on peut voir les énormes dents qu'il a, plantées dans sa mâchoire comme des poignards.

Chapitre IX

DES YEUX...
QUI NOUS REGARDENT... !

Le premier arrivé sur la berge est Arthuro qui aussitôt se secoue pour se sécher. Puis viennent les enfants, et enfin grand-père.
- Quel malheur, lance-t-il. Nous avons tout perdu dans la bagarre avec ce crocodile.

- Non, pas tout, lui répond Cédric, j'ai mon coupe-coupe. Regarde, grand-père.

- Oui... mais nous allons devoir retourner au campement. Je crois que la promenade se termine ici.

C'est qu'on n'affronte pas un crocodile tous les jours ! Le temps de se remettre de leurs émotions, de se sécher un peu, et... pic, voilà le premier moustique qui attaque la joue de Jimenio. Paf, Jimenio écrase le moustique, ce qui fait rire Cédric.

- Tu te donnes des gifles maintenant, Jimenio ?

Mais... pic, à son tour, Cédric est attaqué par un gros moustique.

- Ah non, alors !

- Ne restons pas là, les enfants, annonce grand-père. C'est infesté de moustiques.

Il faut maintenant marcher dans la forêt vierge. C'est difficile. Se frayer un chemin parmi la végétation, c'est très fatiguant. Heureusement, le coupe-coupe de Cédric facilite la tâche.

- Reposons-nous un peu, suggère grand-père. Nous allons boire et manger un peu.

- Mais nous avons perdu toutes nos provisions, grand-père, par la faute de ce crocodile.

Grand-père sourit. Il montre une plante énorme de son doigt.

- Dans ces grandes feuilles, il y a de la bonne eau de pluie... et ces fruits sont très bons, je les connais.

- Oui, très bons, reprend Jimenio... Mais il faut faire attention et ne pas manger n'importe quoi, sinon on risque de s'empoisonner.

Les enfants s'installent en cercle tandis que grand-père revient les bras chargés de gros fruits rouges qui ressemblent à des fraises.

- Miam miam. Au moins, ça fait du bien... Et puis, on reprend des forces comme ça. Tu crois qu'on est bientôt arrivé, grand-père ?

- Oh non ! Par la forêt, il nous faudra au moins trois jours.

- Trois jours ! s'exclame Mélanie.

Mélanie relève la tête. Et ses cheveux se dressent.

- Grand... grand-père, il y a des yeux qui me regardent entre les fougères.

- Moi aussi, dit Cédric. Des yeux tout noirs.

Grand-père lisse sa barbe.

- J'ai vu, les enfants. Surtout ne bougez pas. Je me demande qui vient nous rendre visite.

Chapitre X

VOICI LES PIEDS PALMES

De longues minutes se passent.
Maintenant, des yeux, il y en a
partout. Des yeux qui observent
fixement. Alors, bientôt, crac...
crac, des pas se font entendre et
apparaît un indien. Il tient dans sa
main son arc et des flèches.

- Des flèches empoisonnées, c'est certain, se dit grand-père.

Puis arrive un second indien. Lui, a une longue sarbacane.

- Que faites-vous ici ? demande le premier indien.

- On a été attaqué par un crocodile, répond grand-père en se levant. Et vous, qui êtes-vous ?

Cédric et Mélanie tout comme Jimenio et Arthuro, se demandent aussi qui ils sont, ces indiens. Des amis ? Des ennemis ? Allez savoir dans une grande forêt, à dix mille kilomètres de chez soi.

- Nous sommes les Pieds Palmés...

Ouf, tout le monde respire ! Les Pieds Palmés sont de gentils indiens, comme l'a dit grand-père. Mais, bientôt, il faut déchanter. Car les Pieds Palmés se montrent menaçants.

- Vous êtes nos prisonniers, lancent-ils.

- Je croyais les Pieds Palmés nos amis, dit alors grand-père.

- Nous l'étions, mais deux hommes sont venus d'un pays lointain et ils nous ont pris notre trésor.

- Votre trésor ? Mais ce n'est pas nous, vous voyez bien. Nous ne sommes pas des voleurs de trésor.

- Taisez-vous, et suivez-nous.

Aïe ! Voilà nos amis prisonniers.
On leur attache les mains derrière
le dos. Comment cette aventure se
terminera-t-elle ? Cédric et Mélanie
ont déjà entendu parler des coupeurs de têtes. Mais, il faut marcher pendant une heure. Et bientôt, tout le monde arrive au village
des Pieds Palmés. De prime abord,
ce village serait accueillant, car il y
a des fleurs partout, mais les

hommes ont mis leur peinture de guerre sur leur visage, ce qui ne présage rien de bon. Ils crient :

- Ho ho, on a des prisonniers. Ho ho, on a des prisonniers.

Devant tout ce bruit, un très vieil homme sort de sa cabane. Aussitôt, tous les indiens se taisent. Nul doute que le vieil homme est leur grand chef. Le grand chef regarde grand-père, puis Cédric, Mélanie et Jimenio. Mais ce qui l'intéresse par-dessus tout, c'est Arthuro. En effet, aucun indien jusqu'à présent n'a vu de chien.

- C'est quoi ? demande-t-il.

- Notre ami, dit Cédric, notre ami Arthuro... un petit chien.

Le grand chef secoue la tête doucement, puis ordonne :

- Maintenant, détachez-les.

Et bientôt le chef indien demande à nos amis d'entrer dans sa cabane. Le vieux chef les fait asseoir par terre, car il n'y a pas de chaises chez les indiens. Il se présente :

- Voilà, je m'appelle Patayo, chef des Pieds Palmés... et je suis bien triste, car le malheur est tombé sur notre tribu. Oui, le malheur...

Chapitre XI

CEDRIC SAUVE PANCHO
DE LA NOYADE

Nos amis tendent l'oreille.
- Auparavant, dit encore Patayo, mes hommes étaient sages. Ils vivaient en harmonie avec la nature, ils se conduisaient bien avec elle... Mais deux hommes sont venus de très loin. Nous pen-

sions qu'ils étaient nos amis. Nous leur avons donné à boire, donné à manger. Ils se sont reposés chez nous. Et pour nous remercier de nos bienfaits, ils nous ont pris notre trésor quand ils s'en sont allés. Nous leur avions offert notre amitié, et eux nous ont trahis. Pourquoi certains hommes se conduisent-ils si mal ?

Grand-père, les enfants ne savent pas quoi répondre.

- Aussi, depuis, continue Patayo, nous nous méfions de tous les étrangers. C'est pour cela que vous êtes nos prisonniers.

Soudain, ils entendent des cris qui proviennent du dehors.

- Au secours... au secours. Pancho est tombé à l'eau. Pancho va se noyer...

Patayo se lève. Ainsi que nos amis. Ils sortent. Alors, on leur apprend qu'un jeune enfant est tombé dans la rivière.

- Un enfant ? Dans la rivière ? Mais il va se noyer...

Le sang de Cédric ne fait qu'un tour dans ses veines. Vite, il s'élance jusqu'à l'endroit où le petit garçon est tombé. De fait, il le voit qui s'en va là-bas, emporté par le courant. Et les Pieds Palmés qui ne savent pas nager ! Alors, n'écoutant que son courage, Cédric plonge.

- Oh, font les Pieds Palmés, lui aussi va se noyer...

Cédric disparaît sous l'eau. Mélanie, grand-père et Jimenio sont inquiets. Mais bientôt, ils peuvent respirer. Cédric réapparaît et commence à nager. Une deux, une deux. Le courant est fort, mais Cédric rattrape Pancho qui est ballotté par la rivière comme un fétu de paille. Alors que Cédric allait réussir à saisir

Pancho, voilà que celui-ci coule comme une pierre. Vite, il faut aller sous l'eau, Cédric, le ramener à l'air libre afin qu'il respire. Vite.

Sur la berge, les indiens sont tout surpris de voir Cédric braver autant de dangers.

- Cédric... mon Dieu... fait grand-père.

De longues secondes encore se passent et soudain, une tête blonde apparaît puis une autre plus petite avec des cheveux tout noirs.

- Hourrah, il a réussi, Cédric a réussi, lance Mélanie. Je savais qu'il reviendrait avec Pancho.

Les indiens sautent de joie tandis que Cédric ramène doucement le petit indien en lui maintenant la tête bien comme il faut, hors de l'eau.

A son tour, grand-père se jette à l'eau pour aider Cédric qui, après avoir posé un pied sur le sol, reprend difficilement sa respiration.

- Grand-père, il faut faire du bouche à bouche à Pancho. Il n'y a pas une minute à perdre.

Cédric se penche pour souffler de l'air dans la bouche du petit noyé. Il faut dire que Cédric a son brevet de secouriste, ce qui est bien utile. Les indiens ouvrent des yeux tout ronds. Ils ne savent pas, eux, ce qu'est le secourisme.

- Que fait le jeune garçon ? se demandent-ils. Ce jeune garçon donnerait-il à Pancho son propre souffle pour que ce dernier revienne à la vie ?

Chapitre XII

RETROUVONS LE
TRESOR DES PIEDS PALMES

De longues minutes se passent pendant lesquelles Cédric se donne beaucoup de mal et bientôt, Pancho ouvre un œil.
- Que... que m'est-il arrivé ? demande-t-il.

Sa mère s'approche, le prend dans ses bras.

- Tu étais tombé à l'eau et le jeune garçon, là, t'a sauvé.

Aussitôt, les Pieds Palmés félicitent Cédric.

- Bravo. Vive Cédric, vivent nos amis... Vous avez vu, il a donné son souffle à Pancho... C'est incroyable. Cédric, tu es notre ami. Excuse-nous de t'avoir fait prisonnier.

Et Patayo décide de faire une grande fête. Alors, les Pieds Palmés sortent leurs plus beaux habits, leurs tam-tams et leurs flûtes. Ils se mettent tous à danser, en tapant dans leurs mains et en chantant, accompagnés d'autres instruments au bruit étrange. Patayo semble heureux de voir à nouveau son peuple chanter et danser. Il dit à grand-père :

- Auparavant, c'était toujours la fête comme ça, avant que les deux bandits viennent nous voler notre trésor... Maintenant, nous ne sommes plus les mêmes. Même si nous essayons de rire et de nous amuser.

Et en effet, la fête ne dure que quelques minutes, car bientôt, les Pieds Palmés s'assoient chacun

dans leur coin. Ils ont l'air si triste que Mélanie propose :

- Grand-père, il nous faut à tout prix retrouver le trésor des Pieds Palmés. Qu'en penses-tu ?

Grand-père réfléchit et demande :

- Savez-vous par où sont partis ces deux hommes ?

Patayo oriente son doigt vers le nord :

- Oui, par là...

- Mais, c'est terrible.

- En effet, terrible, confirme Patayo. C'est pour cela que nous ne nous sommes pas lancés à leur poursuite. Nous ne sommes pas des guerriers. Nous avons horreur des batailles.

Mélanie intervient :

- Qu'est-ce-qui est terrible, grand-père ?

- Les deux voleurs sont partis dans la direction des Groslâches,

ces méchants indiens coupeurs de têtes.

Mélanie, Cédric et Jimenio se regardent. Diable. Qui irait se fourrer dans un pareil guêpier ? Qui irait affronter de tels guerriers ?

- Et en quoi consiste votre trésor ? demande alors grand-père à Patayo. Des pièces d'or ? Des rubis ? Des émeraudes ? Des diamants ?

Patayo hoche la tête puis ferme les yeux. Oui, il semble si triste...

- Rien de tout cela. Notre trésor est encore bien plus précieux que tout l'or et que tous les diamants du monde. Bien plus important. Pour nous, il est le sens même de notre vie.

- Fichtre, pense Cédric, mais c'est quoi alors ?

Chapitre XIII

ASSIS SUR UN SERPENT

Voilà ! C'est décidé. Nos amis partent vers la tribu des Groslâches, dans l'espoir de retrouver les voleurs du trésor des Pieds Palmés. Peut-être les rattraperont-ils avant de rencontrer les terribles guerriers. Peut-être même ne rencontreront-ils JAMAIS les

Groslâches. En tous les cas, grand-père, Cédric, Mélanie, Jimenio et Arthuro disent au revoir aux Pieds Palmés.

- A bientôt, amigos. Nous vous promettons de revenir avec votre trésor.

- Ou de ne pas revenir du tout, soupire Mélanie.

Puis, ils s'enfoncent dans la forêt. Cédric marche devant avec grand-père pour ouvrir le chemin avec leur coupe-coupe. Quand ils sont fatigués, ils le donnent à Mélanie et à Jimenio. C'est qu'il n'y a pas une minute à perdre. Et dans ce genre d'expédition, on avance deux fois plus vite quand on est quatre que quand on est deux. Souvent, bzzzz pic, les moustiques attaquent, de gros moustiques. Puis il y a les fourmis aussi, et d'autres insectes. C'est très difficile de marcher dans la forêt vierge. Et puis, il fait si chaud, si humide que tous nos vêtements nous collent à la peau comme une seconde peau, justement.

Au bout de deux heures, grand-père propose :

- Cinq minutes de repos, je crois que nous l'avons bien mérité.

Nos amis s'assoient puis boivent à leur gourde, après s'être épongé le front.

Soudain... mais... que se passe-t-il ? Voilà que le tronc d'arbre sur lequel ils sont assis se met à bouger.

- Horreur, crie grand-père. Ce n'est pas un tronc d'arbre, mais un serpent. Un énorme boa.

Nos amis font front. Ils sont prêts à se défendre. Mais le serpent, apercevant autant de monde, se dit :

- Hou la la, ils sont bien trop nombreux pour moi, et ils n'ont pas l'air commode, ces petits hommes...

Et le boa préfère s'en aller.

- Ouf ! Nous l'avons échappé belle, soupire Mélanie.

- Oui. Allez, ne restons pas là, propose grand-père.

Au moment de repartir, Jimenio aperçoit sur une épine, un morceau de tissu.

- Regardez, lance-t-il. Comme le tissu ne pousse pas dans la forêt vierge, cela signifie que nous sommes donc dans la bonne direction.

- Oui, Jimenio, mais le problème est de savoir quelle avance ont les deux coquins.

Chapitre XIV

ATTENTION AUX PIRANHAS

Ce qu'il y a de bien dans ce genre
d'expédition, c'est qu'on est tellement fatigué qu'on n'a pas trop de
problèmes pour s'endormir le soir.
Et le matin, waaaoooh, on est toujours en pleine forme.

- Regardez, il y a un passage là, et des pas, dit Mélanie.

- Exact. Les voleurs sont donc passés par là. Je suis sûr que nous les rattraperons, dit encore Cédric.

Aussitôt, le petit garçon se sert de son coupe-coupe pour agrandir le passage.

Vers midi, nos amis arrivent devant une rivière qui charrie son eau paresseuse et boueuse.

- Nous allons devoir la traverser, les enfants, dit grand-père.

Ils s'apprêtent à se jeter à l'eau quand ils aperçoivent en face un crocodile qui fait de même... et qui vient à leur rencontre.

- Aïe, nous allons devoir encore affronter un crocodile, avertit Cédric.

Mais bientôt, l'eau autour du crocodile se met à bouillonner, à bouillonner, comme si elle était à cent degrés.

- Les piranhas... les piranhas ont dévoré le crocodile, crie Jimenio. Nous n'allons pas pouvoir aller plus loin. Quel dommage.

Mélanie sort ses jumelles de son sac. C'est vrai qu'il ne reste rien du crocodile. Les piranhas sont vraiment des poissons dangereux. Mais, là-bas, en face... elle voit...

- Regardez, regardez, il y a un radeau sur la berge.

- Ce qui signifie que les voleurs de trésor sont bien passés par ici, dit grand-père. Eh bien, nous allons fabriquer nous aussi un radeau. Nous avons tout ce qu'il faut.

Aussitôt, nos amis se mettent à l'ouvrage. Pendant que Cédric et Jimenio coupent de grands morceaux de bambou, grand-père et Mélanie les attachent les uns aux autres avec des lianes. Bientôt, le radeau est prêt. Il flotte sur l'eau.

- On peut monter dessus ! lance Mélanie.

Arthuro saute le premier.

En avant, les aventuriers !

Grand-père, lui, monte le dernier car à l'aide d'un grand morceau de bambou, il fera avancer le radeau, comme s'il s'agissait d'une gondole à Venise.

- Mais, c'est moins confortable, remarque Mélanie...

- Et surtout plus dangereux, avertit Cédric. Regardez, là.

Cédric pointe son doigt vers l'eau. Des centaines et des centaines de piranhas entourent rapidement le radeau. On peut même voir leurs dents coupantes comme des rasoirs.

- Espérons que nous ne tomberons pas à l'eau, dit grand-père, sinon... nous serions vite transformés en chair à saucisse par ces maudits poissons.

Chapitre XV

PRISONNIERS
DES GROSLACHES

Pendant toute la traversée de la
rivière, les piranhas accompagnent nos amis. Certains même
essaient de sauter sur le radeau.
Ils sont aussitôt rejetés à l'eau
furieusement à coup de coupe-
coupe par Cédric et Jimenio, et
enfin, le frêle esquif peut accoster

en face. A nouveau, c'est Arthuro qui saute le premier dans l'herbe fraîche.

- Ouah ouah. On dira ce qu'on voudra, mais on est mieux sur la terre, se dit le petit chien.

Hélas, Arthuro. Un grand danger vous guette tous et tu ne le sais pas encore. Un grand danger qui s'appelle : les Groslâches. En effet, dès que nos amis ont posé le pied par terre, ils sont aussitôt entourés par de nombreux indiens

menaçants et armés jusqu'aux dents. Clic, clic, celles de Mélanie jouent des castagnettes justement. Clac, clac, ce sont les genoux de Cédric et de Jimenio qui s'entrechoquent à leur tour. Les Groslâches ont levé leurs longues lances.

- Rendez-vous, sinon...

Arthuro, lui, n'a eu que le temps de se cacher derrière une feuille gigantesque d'un arbre appelé caoutchouc. Bientôt, il voit ses amis emmenés par les Groslâches.

- Je me demande ce qu'ils vont nous faire ? demande Mélanie très inquiète.

- Nous faire cuire, nous faire bouillir dans une grande marmite, lui répond Cédric. J'ai lu ça dans des livres.

- C'est que je n'ai pas envie qu'on me mange, répond Jimenio.

- Taisez-vous, menace un Groslâche. Vous n'avez pas le droit de parler.

Bientôt, ils arrivent au village. C'est à peu près le même village que celui des Pieds Palmés. Mais il est beaucoup plus important. Là, ils sont enfermés dans une cabane très sombre. Et quand on les pousse à l'intérieur, ils remarquent que deux hommes les ont déjà précédés.

- Qui êtes-vous ? demande grand-père.

- Je m'appelle Jo Lafreux, dit le premier.

- Et moi, Toto Levilain, répond le second.

- Ne seriez-vous pas des voleurs de trésor ? N'est-ce pas vous qui avez pris le trésor des Pieds Palmés ?

- Si... c'est nous... Oh misère, comme nous regrettons d'être venus ici... si on avait su...

- Tais-toi, Toto, dit Jo Lafreux, ça ne sert plus à rien de raconter notre vie.

- Et où l'avez-vous mis le trésor des Pieds Palmés ? demande grand-père.

- Avant de nous faire prendre par les Groslâches, nous avons eu le temps de le cacher. Il est en sûreté.

Grand-père soupire :

- Eh bien, maintenant, il n'y a plus qu'à nous échapper.

- Impossible, lui répond Toto Levilain. Il y a des gardiens partout autour de notre prison.

La nuit est maintenant tombée. Arthuro, lui, est toujours caché sous la feuille du grand caoutchouc. Il n'ose pas bouger.

- Que va-t-il arriver à mes amis ? s'interroge le petit chien. Que puis-je faire pour les délivrer ?

Chapitre XVI

OUILLE, LE PETIT CHIEN MORD LES INDIENS

Le lendemain, les Groslâches viennent chercher leurs prisonniers.
Ils les attachent à un arbre puis
commencent à les barbouiller de
miel.
- Que faites-vous ? leur demande
Mélanie.

- Vous allez subir le châtiment du miel doré.

- Le châtiment du miel doré ? Mais, chez nous, on ne barbouille pas les gens de miel doré, on le mange...

- Ha ha ha ha ha, nous aussi, on le mange, le miel doré... mais les fourmis aussi. Et après avoir mangé le miel qui est sur vous, elles vous mangeront à votre tour. Notez qu'il nous arrive aussi de manger nos prisonniers.

- C'est horrible, avoue grand-père. Nous n'aurions jamais dû venir ici.

Le sorcier continue à barbouiller nos amis de miel doré. Au-dessus de sa tête, Cédric voit le ciel se charger de gros nuages.

- Ah, s'il pouvait pleuvoir, pense-t-il. Une violente pluie nous nettoierait de tout ce miel...

Mais, il n'y a rien à faire. Tout le monde maintenant est recouvert de miel doré. Déjà, les premières fourmis attirées par l'odeur sucrée commencent à monter sur les jambes des prisonniers.

Toujours caché sous sa feuille de caoutchouc, Arthuro se pose mille questions. Comment sauver à tout prix ses amis ? Oui, comment ? Alors, n'y tenant plus, le petit chien court vers la place où sont

attachés les prisonniers. Ouah ouah, grrrr, en grognant, en aboyant et en montrant ses dents. Il mord même le grand sorcier.

- Aïe, ouille, fait le grand sorcier... Mais... qui est donc cet étrange animal... qui... ouille... nous mord ?

Car pas plus que les Pieds Palmés, les Groslâches ne connaissent les gentils petits chiens.

- Arthuro, lance Mélanie. Oh, Arthuro, viens vite nous délivrer...

Arthuro continue à courir derrière les Groslâches qui crient :

- Au secours... Quel est ce petit monstre ? Au secours, aïe, ouille... hou la...

Si nos amis n'étaient pas en pareille situation, ils pourraient rire aux éclats. C'est alors qu'il vient une idée à Cédric. Il

remarque que les nuages au-dessus de sa tête sont de plus en plus
lourds, de plus en plus noirs. La
pluie ne devrait pas tarder à tomber. Alors, il appelle :
- Arthuro, arrête, viens me voir.
Et Arthuro obéit. Le sorcier,
voyant cela, demande à nouveau à
Cédric :
- Qui est cet étrange animal plu-
tôt... hmm hmm... hargneux.

- Ce n'est pas un animal, grand sorcier. C'est Arthuro et il a beaucoup de pouvoirs. Celui, par exemple, de faire pleuvoir.

- Ah ! bon ? se dit le petit chien, je ne savais pas cela... Je ne savais pas que je pouvais faire pleuvoir. Par contre je sais mordre les Groslâches. Grrrr ouah ouah.

- Nous ne te croyons pas, disent les indiens.

- Allez, chante, Arthuro, fais venir la pluie.

- Il est devenu fou, Cédric, se dit Arthuro. Est-ce bien le moment de pousser ma chansonnette ?

Mais le petit chien s'exécute :

- Hou ouah ouah hooouuu ouah ouah !

Chapitre XVII

ARTHURO A DE BIEN ETRANGES POUVOIRS

Quelques minutes se passent. Les indiens commencent à douter du résultat, mais soudain braaoouumm. Un grand coup de tonnerre retentit. Puis un second. Et la pluie se met à tomber.

- Ce... ce n'est pas possible, dit le sorcier des Groslâches... ce... cette chose a vraiment le pouvoir de faire pleuvoir ?

Il a à peine fini ces mots qu'un grand éclair blanc tombe sur sa cabane et l'enflamme aussitôt.

Cette fois, même Cédric n'en croit pas ses yeux.

- Ce n'est quand même pas moi qui ai fait ça, se lamente Arthuro. Ah ! non alors !

Bien sûr que ce n'est pas Arthuro qui a fait pleuvoir ou qui a envoyé l'éclair blanc sur la cabane du sorcier. Cédric s'est seulement servi d'un bon concours de circonstances. Le sorcier est tellement effrayé qu'il croit qu'Arthuro a vraiment d'étranges pouvoirs. Alors, il ordonne :

- Qu'on relâche les prisonniers ! Mais, étranger, fais que la pluie

cesse, que l'orage ne brûle plus nos maisons...

Comme là-bas, un coin de ciel bleu apparaît, Cédric très haut, commence à dire :

- Arthuro, fais que la pluie cesse de tomber, fais que l'orage s'en aille très loin et qu'il laisse les Groslâches en paix.

Quelques minutes se passent encore. Bientôt, le ciel bleu réapparaît totalement.

- Oh... ah... font les Groslâches... Que de pouvoirs...

Alors, ils s'excusent d'avoir fait prisonniers nos amis.

- Voilà, vous pouvez repartir... nous ne vous ennuierons plus...

Et les Groslâches offrent même des vivres à nos amis, afin qu'ils puissent traverser la forêt sans dommage.

- Au revoir, les Groslâches... font nos amis.

- Au revoir...

Alors grand-père propose à Jo Lafreux :

- Vous venez avec nous... Mais nous rapporterons le trésor aux Pieds Palmés. D'accord ? N'oubliez pas que nous vous avons sauvé la vie.

Jo Lafreux tout comme Toto Levilain hésite un instant puis dit :

- D'accord.

- Alors, montrez-nous où vous avez caché le trésor.

Chapitre XVIII

TROMPES !

Il faut marcher environ deux heures pour arriver à une grotte cachée par des fougères géantes.
- Voilà, le trésor des Pieds Palmés est là, annonce Jo Lafreux. Attendez, nous allons le chercher. Tu viens Toto ?

Les deux hommes disparaissent dans l'entrée de la grotte. Quand ils reviennent, ils ont effectivement avec eux deux coffres, mais ils ont également un fusil. Ils mettent nos amis en joue.

- Vous ne croyez quand même pas que nous avons fait tout ce chemin pour redonner le trésor, non ? Ah ah ah ah, allez, nous vous laissons là, et si vous nous suivez, gare à vous.

- Les deux hommes portent bien leur nom, pense Cédric. Nous avons été bernés.

Bientôt, nos amis voient s'éloigner les deux coquins et avec eux le fameux trésor des Pieds Palmés.

- Je suis sûr qu'ils n'ont même pas regardé en quoi consistait le trésor, dit grand-père. Vous avez vu, les coffres n'ont même pas été ouverts.

- Oui, reprend Mélanie. Ils sont trop pressés de le revendre, ce trésor. Quelle misère !

- Mais j'ai une idée, annonce alors Jimenio, regardez, il y a une piste...

- Oui, fait Cédric. Il suffit de suivre les voleurs, et cette nuit, pendant qu'ils dormiront, hop, nous leur prendrons le trésor.

Grand-père n'est pas d'accord. Cela lui semble beaucoup trop dangereux. Et puis, la nuit on ne peut pas s'orienter dans une forêt vierge. On a déjà tellement de mal à marcher de jour... non, il faut un autre plan si on veut ramener le trésor aux Pieds Palmés.

- Il faut leur tendre un piège, dit alors froidement Mélanie. Et moi aussi, j'ai ma petite idée pour ça. Allons, suivons les deux voleurs de loin. Il n'y a pas une minute à perdre.

Chapitre XIX

OUF, ON A RETROUVE
LE TRESOR !

Et nos amis repartent vers l'aventure, à pas de loup.
Bientôt, ils sont en vue de Jo Lafreux et de Toto Levilain qui marchent moins vite qu'eux. Parfois, ils sont si près qu'ils peuvent entendre leur conversation.

- Ha ha ha, nous les avons bien eus, n'est-ce pas Toto. Ce ne sont quand même pas un grand-père et trois enfants qui vont nous arrêter dans notre entreprise, n'est-ce pas ?

- Tu l'as dit, Jo. C'est quand même nous les plus forts.

- Peut-être pas, pense alors Mélanie. On vous réserve une bonne surprise. Croyez-moi.

Juste avant que la nuit ne tombe, les deux voleurs s'arrêtent pour dresser leur campement. Alors, grand-père, Cédric, Mélanie et Jimenio en profitent pour les contourner et passer devant eux.

C'est demain matin qu'elle aura lieu, la grosse surprise !

Et voici le matin justement ! Jo Lafreux et Toto Levilain ont très bien dormi.

- Il est tard, Toto, il faut nous mettre en route rapidement, si on veut arriver à El Moto avant la fin de la semaine...

Mais arriveront-ils à El Moto pour la fin de la semaine ? Je n'en suis pas si sûr, moi ! Bien vite, Jo Lafreux et Toto Levilain se remettent à marcher sans trop s'en faire.

- Attention, les voilà, chuchote Jimenio à Mélanie.

- Les voilà, reprend grand-père. Tu es prêt, Cédric ?

- Et comment ?

- La la la la la chantent les deux voleurs.

Mais d'un seul coup, vzzz... paf... voilà qu'ils se retrouvent en l'air, la tête en bas, accrochés à un arbre par les pieds grâce à une liane.

- Que... que nous arrive-t-il... au secours...

Ce qui leur arrive ? Pendant qu'ils ronflaient hier soir, nos amis eux, ont fabriqué ce piège. Ils ont recourbé un jeune arbre élancé et l'ont maintenu ainsi grâce à une grosse liane. Au sommet de cet arbre, ils ont attaché une liane plus souple qu'ils ont laissé traîner par terre comme un lasso, et quand les voleurs ont marché à l'intérieur du lasso, hop, Cédric a

coupé la première liane qui rete-
nait l'arbre, et aussitôt, celui-ci
s'est redressé à la verticale...
emportant avec lui les deux
voleurs. Les deux voleurs qui
continuent à gesticuler, à appeler,
la tête en bas.

- Aidez-nous... au secours...

Cédric et Mélanie apparaissent,
puis Jimenio et enfin grand-père.

- Et maintenant, le vent a tourné,
n'est-ce pas ? leur dit Mélanie.

Nous avons promis de rapporter le trésor aux Pieds Palmés et nous le ferons avec ou sans votre aide...

- Je crois que c'est sans leur aide, plaisante Cédric.

- Oui, et nous allons vous laisser là..., continue Jimenio.

- Le temps que vous vous libériez, nous, nous serons loin... enchaîne grand-père... Et si vous nous suivez... je ferai de vous de la purée de pois chiches. Compris ?

Grand-père est très fort et très grand... Et puis maintenant, c'est lui qui a le fusil...

- Oui... oui... font les deux voleurs d'une petite voix... nous ne vous suivrons pas. On vous le promet.

Chapitre XX

LE TRESOR DES
PIEDS PALMES

C'est la fête dans la tribu des
Pieds Palmés. Leur trésor, leur
fameux trésor a retrouvé sa place
parmi eux. Et tout ça, grâce à
qui ? Alors, on chante, on danse,
on fait les fous, et cette fois, les

Pieds Palmés ont l'air VRAIMENT heureux.

Mélanie est certaine que les festivités vont durer toute la nuit. Grand-père, lui, s'approche de Patayo. Il dit :

- Je crois que vous avez retrouvé le bonheur, Patayo. Maintenant, pouvez-vous me dire en quoi consiste exactement votre trésor ? Depuis que vous l'avez retrouvé, vous n'êtes plus les mêmes. Il doit être très précieux...

- En effet, très précieux...

Le grand chef indien va chercher une clé en or. Puis, il ouvre le premier coffre. A l'intérieur, il y a...

- Qu'est-ce-que c'est ?

Grand-père, Cédric, Mélanie et Jimenio se frottent les yeux. Oui, car le fameux trésor des Pieds Palmés consiste en quelques

galets peints, des morceaux de bois sculptés, des coquillages gravés. Il y a aussi du tissu brodé, des épingles à cheveux aux formes bizarres, des poteries.

- Voilà notre trésor, confie Patayo, fièrement... notre cher trésor...

Nos amis se regardent, muets d'étonnement. Alors, Patayo conclut :

- Voyez-vous, mes amis, juste avant de devenir un homme, chaque Pied Palmé doit faire de ses mains un objet unique, un objet qui sera donc rare. Et cet objet le suivra tout au long de sa vie. Il est donc très important pour lui, car il représente SON œuvre. Parfois on peut mettre des mois à le fabriquer...

Et Cédric, puis Mélanie comprennent. En effet, le trésor des Pieds

Palmés, même s'il n'est constitué
que de morceaux de bois ou de
cailloux sans valeur pour nous,
est certainement leur bien le plus
précieux car pour le réaliser ils y
ont mis tout leur talent, tout leur
cœur. Ils y ont mis aussi tant
d'amour.

- Alors, je suis fier, dit Cédric
d'avoir retrouvé votre trésor.

- Moi aussi, reprend Mélanie... et cela nous a valu tant d'aventures...

- Oui, tant d'aventures que nous pourrons raconter à notre retour.

- Mais en attendant, Cédric, allons chanter, allons danser... Youpi...

Table des matières

En route vers l'Amazonie 7

Bonjour grand-père ! 15

Un petit tour en hydravion 21

On arrive au campement 27

Tout seuls dans la forêt 31

On a trouvé de l'or ! 37

Les Pieds Palmés ?
Mais qu'est-ce-que c'est ? 41

Le crocodile 45

Des yeux... qui nous regardent... ! 51

Voici les Pieds Palmés 57

Cédric sauve Pancho de la noyade 63

Retrouvons le trésor des Pieds Palmés 69

Assis sur un serpent 75

Attention aux piranhas 81

Prisonniers des Groslâches 87

Ouille, le petit chien mord les indiens 93

Arthuro a de bien étranges pouvoirs 99

Trompés ! 105

Ouf, on a retrouvé le trésor ! 109

Le trésor des Pieds Palmés 115

© 1992, Editions S.A.E.P. 68040 INGERSHEIM

Loi 49-956 du 16 juillet 1949 sur les Publications
destinées à la Jeunesse
Dépôt légal 4ᵉ trimestre 1992 - Imp. n° 2 020
ISBN 2-7372-7177-0   Imprimé en C.E.E.